Ce livre appartient à :

....

....

....

À Colin et Edward
Que tous vos vœux se réalisent! — MM
Pour Twinnie — CJC

Catalogage avant publication de Bibliothèque et Archives Canada

Morgan, Michaela

Joyeux Noël, chers lapins! / Michaela Morgan ; illustrations de Caroline Jayne Church ;
texte français de Cécile Gagnon.

Traduction de: Bunny wishes.
Niveau d'intérêt selon l'âge: Pour les 3-5 ans.

ISBN 978-0-545-98817-9

I. Church, Caroline II. Gagnon, Cécile, 1938- III. Titre.

PZ23.M6747Jo 2008   j823'.914   C2008-902482-6

Édition publiée par les Éditions Scholastic, 604, rue King Ouest, Toronto (Ontario) M5V 1E1
avec la permission de Chicken House.

5 4 3 2 1   Imprimé à Singapour   08 09 10 11 12

Joyeux Noël, chers lapins!

Michaela Morgan

Illustrations de

Caroline Jayne Church

Texte français de Cécile Gagnon

Éditions
SCHOLASTIC

Tino et Tina sont les meilleurs amis du monde.

Ils vivent ensemble et partagent de bons moments à gambader au soleil et à bavarder avec leurs amis, monsieur et madame Souris...

... et leurs nombreux souriceaux.

Tous les jours du printemps et pendant les journées ensoleillées de l'été, ils sautent et gambadent et folâtrent et batifolent.

Puis, la froidure arrive...

L'hiver est là.

Le temps des bourrasques et des tempêtes, des vents sournois et des bises glacées, et pour finir

la neige!

Des flocons
doux comme des peluches

tombent et chatouillent le nez.
La neige tourbillonne...

... la neige s'amoncelle.

Le monde devient

clair et blanc.

Youpi!
Il neige.

Tout le monde aime la neige,
mais pas autant que les souriceaux,
car c'est leur première neige!

Au cœur des nuits glacées de l'hiver, les deux lapins se tiennent au chaud.

Blottis dans leur terrier, ils se racontent des histoires et se chantent des chansons. Ils font des siestes, rêvent et pensent à ce qu'ils aimeraient avoir pour Noël.

—Tu sais, dit Tina,
nous sommes à une époque
de l'année bien particulière.
Tes désirs les plus chers peuvent
se réaliser. Tout ce que tu dois
faire, c'est dresser une liste
de ce que tu veux et l'accrocher
au tronc creux!

— Allons-y!
s'écrient-ils tous deux.

Voici la liste écrite par Tino :

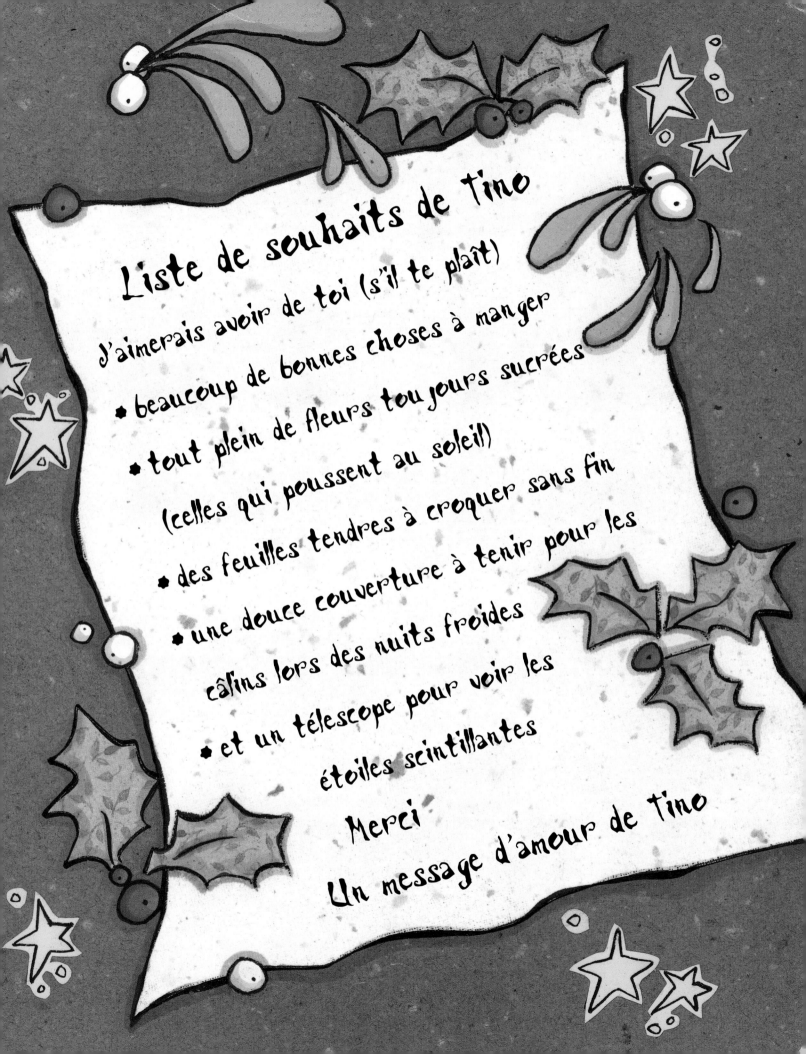

Liste de souhaits de Tino

J'aimerais avoir de toi (s'il te plaît)

* beaucoup de bonnes choses à manger
* tout plein de fleurs toujours sucrées
  (celles qui poussent au soleil)
* des feuilles tendres à croquer sans fin
* une douce couverture à tenir pour les
  câlins lors des nuits froides
* et un télescope pour voir les
  étoiles scintillantes

Merci

Un message d'amour de Tino

Et voici la liste écrite par Tina :

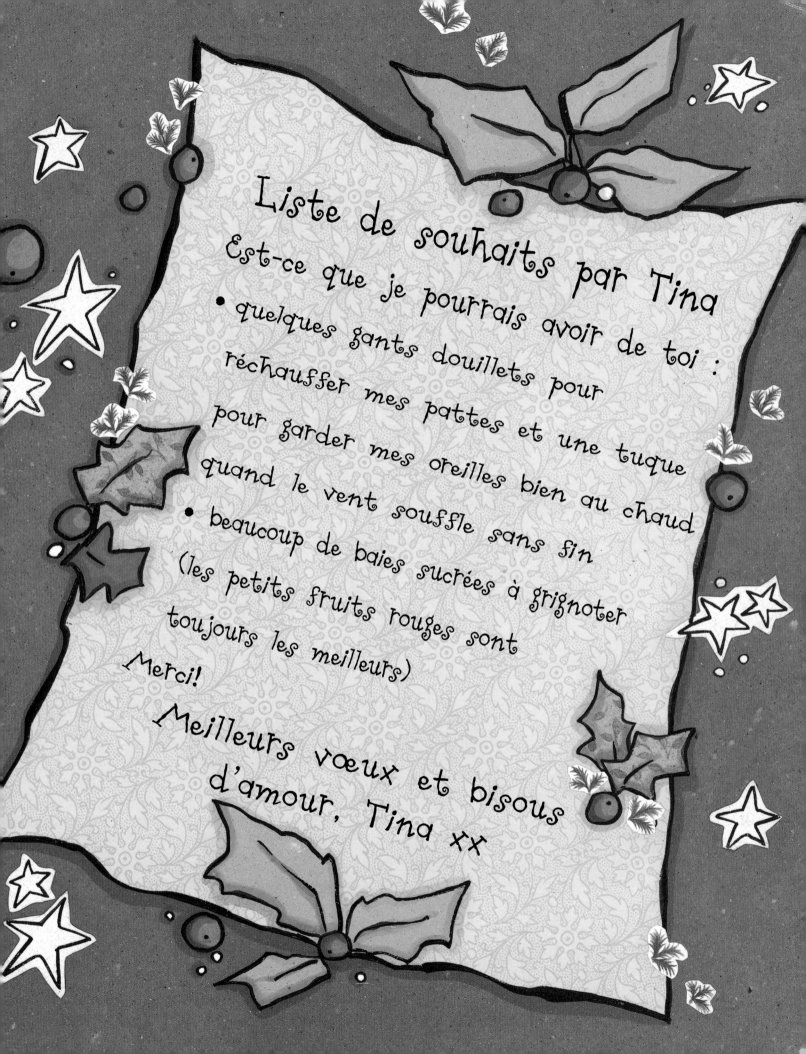

Liste de souhaits par Tina

Est-ce que je pourrais avoir de toi :

- quelques gants douillets pour réchauffer mes pattes et une tuque pour garder mes oreilles bien au chaud quand le vent souffle sans fin
- beaucoup de baies sucrées à grignoter (les petits fruits rouges sont toujours les meilleurs)

Merci!

Meilleurs vœux et bisous d'amour, Tina xx

Les deux lapins, remplis d'espoir, bondissent dans la neige pour aller déposer leurs listes sur le tronc creux.

Puis, Tino et Tina tiennent compagnie
à monsieur et madame Souris. Ils regardent
les souriceaux s'amuser dans la neige.

Les petites souris adorent la neige.
Elles trouvent toujours de quoi s'amuser.
Elles jouent avec des brindilles,
des cailloux, des feuilles
séchées et glissent sur
la surface lisse.

Youh hou!

Ma première souris de neige!

Les lapins les observent en souriant,
puis ils rentrent chez eux,
dans leur terrier.

Oups!

Soudain, le vent se lève.
Il souffle,
puis il siffle....

et il RUGIT!

Il s'abat sur les listes, les arrache du tronc creux et les projette en l'air...

Elles montent, montent, montent et font des tours et des tours et des tours et des tours

avant

de

retomber...

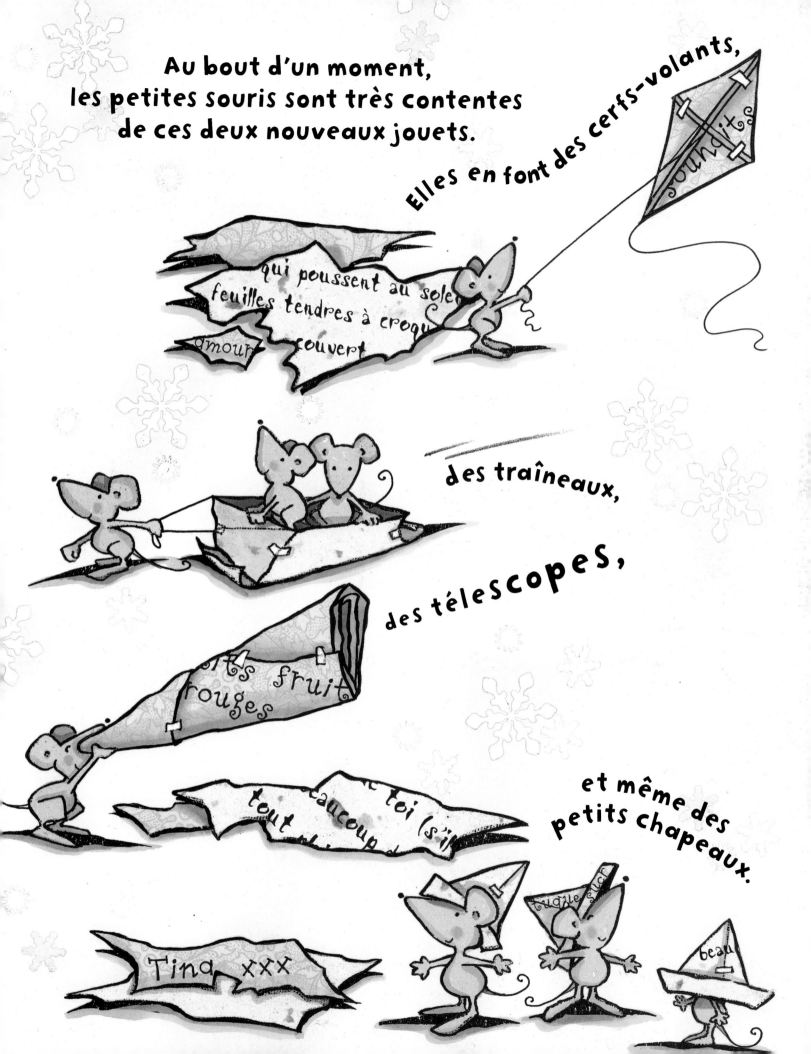

Au bout d'un moment,
les petites souris sont très contentes
de ces deux nouveaux jouets.

Elles en font des cerfs-volants,

des traîneaux,

des télescopes,

et même des
petits chapeaux.

Une fois lasses de leurs jeux,
les petites souris rentrent à la maison
en transportant leurs nouveaux jouets.

— Regardez nos surprises! crient-elles.

— Oh! NOOOON!
disent monsieur et madame Souris.

Vous avez détruit les listes des lapins!

Les listes des lapins sont toutes grignotées et toutes chiffonnées.

Les petites souris se mettent à pleurer.

Heureusement, monsieur et madame Souris savent EXACTEMENT comment réparer les bêtises des souriceaux. Ensemble, les souris se mettent au travail...

câlins

pattes

mes oreilles

de tino

d'amour

toujours

Elles déchirent, enveloppent, repèrent, plient, lèchent, collent, ajustent, partagent leurs envies, sourient, et se font des bisous et des câlins. La nuit est très bien remplie.

À minuit, quand les étoiles brillent, les petites souris s'en vont livrer leurs surprises.

Quand Tina et Tino
ouvrent les yeux, voici
ce qu'ils découvrent...

— C'est le plus beau cadeau que nous ayons jamais eu!